ひかることば

谷光順晏詩集

コールサック社

詩集　ひかることば

目次

I　しんきろう

理由《わけ》　10
廃屋　12
砂時計　14
冒険とは　16
しんきろう　18
カラス　20
くらげ　22
あさがお　24
樹に　28
かなかな　30
空は　32

コスモス　34
遠雷　36
ススキ　38
冬の花火　40
たまご　42
川　44
噴水　46
星　48
三月のページに　50
夕焼け　52

Ⅱ　ひかることば

ほのお（ろうそく）　56
ひかることば　60
手紙　64
うた　68
詩　72
ふと気がつくと　76
孤独　80
疑う　84
罠　86
ある日　88
原風景　92

おりづる　96
おんなと小鳥　100
すずめ　104
金魚　108
虹　112

解説　鈴木比佐雄　116
あとがき　124

詩集　ひかることば

谷光順晏

Ⅰ　しんきろう

理由《わけ》

この手で
にわとりの首をしめ
この手で
ブタの頭をなぐり
この手で
ひつじの皮をひきさいていると
だれも　おもっていない

世界は
いつもやさしげで
上品ぶっていて

たえず
動かしがたい理由の上に
成りたっている

この手で
自分の首をしめ
この手で
他人の頭をなぐり
この手で
地球の皮をひきさいていると
だれも　おもっていない

廃屋

幸せな日々であったと誰がいえよう
過剰といえるほどに
物量に満たされ続けたことが

もうぬけがらだなんていわないでおくれ
かざりたてる窓辺のカーテンも
いつくしむ人たちの表札さえ
失ってしまったけれど

こうして静かに立っていると
しみとおるような雨の音や

夢をのせて
空高く風がわたっていくことや
ひかりというものが
おしみなくふりそそがれるものだと
わかってくる

草よ　私を埋めつくしておくれ
虫よ　そのちいさな手足で巣作りをするがいい
そうして私よ　もう泣くのをよそう
たとえこの身体がくちはてたとしても
私はいつまでも生き続けるであろう

草となって
虫となって
そうして　ひとにぎりの土くれとなって

砂時計

明日も又
必ずめざめる事を信じてねむりにつく

だが
約束は時には破られる
今夜は二度とめざめない
すべり落ちてゆくばかりの刻であったりして

夜ふけから
どこかにねむりきれない胸騒ぎがあって
ねむったふりをして無意識の夢を見つづける

ひとつの夢を見おえてひっくり返り
又見おえてひっくり返り
夜明けにたどりつくまでに
いくど寝返りをうったであろう

やがて
長い沈黙からよみがえったように
終りの刻にはまだまだ遠いと
鳥がさえずりはじめる
生きているふりをしているだけで
たやすくすぎてゆく刻がめざめたのだ

わたしは
夢遊病者のように
ふわりと起きあがる

冒険とは

およそ冒険というものは　それを達しえたと
きに終るものではなく　無事出発点へもどっ
たときに成就される
生まれでたことが冒険への旅だちとするなら
ば　かって成しとげた登頂を印すように　私
の記憶の中にうちたてられてきた数々の旗は
どんなカーブを示しているだろう
生まれでてはじめてみつめたものが　たえず
みつめかえしてくる穏やかな感覚のとき　語
りかけられた言葉を毎日なぞりかえすように
しているうちに　ひとつの意味として据えた

あの瞬間　動き去るものをたしかめようと
身をよじらせているうちに　ふあっと起きあ
がれるようになったあの瞬間　やさしい笑顔
につられて　ついっと二三歩ふみだしたあの
瞬間　どれもとても鮮明にゆれているはずな
のに　今の私にはみえないのだ
かかえこんでいる可能性をひとつひとつ踏破
して　新しい旗をうちたてながら再び出発点
へともどるには　すべてをもとへもどさなく
てはならない　赤ん坊だった頃の何ものもお
それないふれるものすべてを全身でうけとめ
たしかめ　常に未来をみつめようとするあの
すみきった瞳のような心にもどさなくてはな
らないと
わたしの冒険は常に今始まったばかりなのだ

しんきろう

ふるさとの海は
今も時々　空絵をうつしだすという

風もなくおだやかに晴れあがった日
地平線下の景色がうつしだされると
だれもが　どこかでみたようだという

そびえたつ鉄塔や
火力発電所の赤と白の煙突
みえもしない大きな船
いつもさらされて

目立つものばかりあらわれる

ゆらゆらとゆらぎ続いているむこうに
私だけのものはないか
目をそらさないでじっとみつめると
だんだんによみがえってくるおもいで
たしかに海の底に
ひっそりと横たわっている
いつのまにかおき忘れてきた日々

目をそらした瞬間に
空にとけこむように消えてしまう
きらきらとした美しさで
まぼろしの船が横たわる
ふるさとの海

カラス

いつも黒いしみのようにとまっていた
電柱のてっぺんや
雑草地に投げこまれた生ゴミの上などに
そして　とびたつときには
からだをかしげるように羽をななめにふり
中途半端な高さのままで
空を横切っていくのだった

庭にこしらえたエサ台に
パンくずを求めてやってくるのだが
その様子がどことなくあわただしい

突然に舞いおりて
くちばしにつめこめるだけくわえこみ
逃げるようにしてとびたっていくのだ
誰も追いたてではいないのに
この鳥はいつもこうなのかしらと
身についてしまった習性を
ふびんがってみるのだが
時おり　アーアーとあげる悲しげななき声に
おもわずぎくりとしてしまう

あれは本当は私がおもわずもらしてしまった
なき声ではなかったろうか
こうして書いている今も
アーアーと心の奥底で
ないている声が聞こえてくるのだ

くらげ

生と死のあいだを
ただよって
ただよって
浮遊している

海面に乱反射するひかりが
お前の存在感をつらぬいていくとき
お前はひとつの
ひかりの強弱となって泳ぎはじめる
ゆっくりと
それでいて

瞬時に消滅する現在を
水よりも重く吐き出しながら
はるかな時空を泳ぎつづけ
いつしか
お前の身体は
海とみわけがつかないぐらいに
透明になった

お前の姿をみうしなった日
ナイフよりもするどく
わたしをつきさした
お前の痛み

今も
わたしから消えない

あさがお

ある日　ふっとめがさめた

私は何であるのか
何であろうとしているのか
うすもやのただようなか
たどってきたみちさえもわからない

何も聞こえてこない
どこから日の光がさすのかわからない
たどる方角がみつからない

何を求めていたのか
何かを追いかけているのか
それとも
すべて終ってしまったのだろうか

静かに冷気がながれていく
朝もやを少しずつおしながして
私のからだをなぞっていく
私のかたちなりに

私は知る　私のかたちを
私の足もとのありかを
私の伸びようとしている手先を
そして何よりも
全身を耳のようにして

何かを求めている私を
そうして私はあおいだ
はるか
手の届かないほどの空のたかみを

そのとき
私は
絶望からまっさかさまにおちる
くり返しひきもどされていくような
記憶の底に

樹に

どれほどの風に出会えたか

わたしの慢心を　へしおり　へしおり
すっきりとたてる日をむかえるためにも
わたしに必要な最小限度のものは？

すべての虚飾をすてれば
みえなかった人の痛みがみえてくる

風に　どうゆれたらよいのか
はじめてわかってくる

かなかな

かなかなは一日のはじまりを告げる
長い暗闇が去りかねて
うとうとまどろみはじめる夜明け前
昨日の痛みがぬけきっていない心を
はげしくゆさぶりはじめる

ほんの数十分をなくために
一晩中その時をうかがっていたのだ
闇路に木霊する
渦声の波にもまれた甘い夢

粉々に散った残骸を
またもひろおうとしている

昨日までのくり返しが今はじまるのだ
生き続けるための
もう一人の私に着がえた私
せみしぐれがやんだその瞬間に
おもいきって立ってしまえばいい

一瞬　するどい痛みとともに
昇華しきっていない何かが落ちていく
そして
喧噪に慣れてしまった身体の奥で
おもい出したように
私のセミがなきだした

空は

空は鳥のためにある
空はいつも頭上高くにあり
ほこらしげに
わたしたちとの距離を保っている

空ははてしがなくこえることができない
だから
鳥はいつかはつかれて地上にもどってくるし
おちてもくる

あの日　ある国の上空で

離陸直後のスペースシャトルが
爆発炎上し
七人の命とともに
バラバラにくだけ散って海におちた
あの日
空はとても青くすみわたっていた

何もかもえらびぬかれた最良の方法で
それでも手中にすることができなかった
空のかなたに
今日も鳥がとぶ

どこかひびわれた心を抱いたままで
くり返されるむなしさに
おちつづける鳥がいる

コスモス

秘めていたものを
解き放すように
八枚のうすむらさきの花びらを
おもいっきりよくひらくあなたには
風がよく似あう
茎も葉も
かすかな風によくゆれて
うつむきかげんに咲くあなた

けれど
風は時にはあらあらしい

夜も昼もやすみなく吹きとおし
どんなにかあなたを疲れさすだろう

あなたが風に吹かれるたびに
おしげもなく散っていく花びら
ゆられてゆさぶられて
あなたの内部に充溢していく
あの種子のように
しだいにめざめていくものが
あるとしたなら

はじめから
失うものなんて何もないという事に
気づかされるのだ

遠雷

ひびわれてしまった大地
どこまでも不透明にゆれる風景
遠い空からかすかに聞こえる雷鳴

不完全燃焼のまま
忘れられた手花火
語ることもなく
ザラついてしまった言葉が
堆くつまれた机
悲しみのように
ポツンとおかれた白い貝がら

今朝うまれたばかりのセミが
激しくなき合う
そこかしこにひっそりと
昇華しきれなかったおもいを残して

私はどうやって
通りすぎたらいいのだろう
ひとつの季節が
今　終ろうとしているのに

時たま鋭光のはしる夜空
くすぶりつづける夏のように
遠雷はなりやまない

ススキ

みんな
どこへ行ってしまったのだろう
みわたせば一面のススキ野原
すりぬけていく時の流れに
散りきれなかった想いを
飛ばすことのできなかった願いを
風のかたちなりにゆらしている
まるでさからうことのできないもののように

立ちつくしたままで枯れてしまった
夕暮れてゆくひかりのなかに

とけこむことをも拒むかのように
お前はその穂先を
ますます銀白色に染めあげて

いつまでそうして立ちつくしているのか
孤独のようにさえみえる
そのかたくななくり返し
まるで際限もなく天を掃き続けているような

みんな
いったいどうしてしまったのだろう
ススキだけが
茫々とはてしなくひろがる

そのまた風のむこうにも

冬の花火

数年前
病にたおれた病院のベッドで
はじめて聞いた冬の花火
新しい年明けを祝って打ちあげられるという

話して聞かせている貴女の顔も
のりだすように聞きいった私たちのこころも
いっとき明るくはなやいだあの日

花火の音は長くはひびかない
花のかたちは天空ではじけてしまう

こまぎれのように入退院をくり返してのち
貴女はガンでちった

　大丈夫だよ　大丈夫だよ

病を支えきれなくて泣く仲間に
手をさしのべながら
しかけ花火のように
つぎからつぎへ生きる望みを
打ちあげ続けた貴女

おおみそか
はるか空のかなたから
ひとつのかけ橋のように燃えあがる
貴女の花火が聞こえる

たまご

たまごのままで
孵れない
それでも
お前はたしかに生きていると
人は言う

愛にめぐり合わぬままに
うみおとされてしまった
もちろんこれからもないだろう
ただ時をむさぼって
眠り続けるだけのかたわらで

見失ってしまったものを捜すかの様に
しきりにエサ箱を
つつきまわしている鶏たち

まぶしすぎるほどのひかりのなかで
はてしなくくり返される不毛

わたしのこの悲しみが
くさりきらないうちに
どうかその手で
ひとおもいに割って下さい

でなければわたしは
悲しみさえも
なくしてしまうのです

川

川は流れをとめない
たとえ　よどんでしまった記憶や
あともどりのできないためらいに
うちのめされても
川は流れていくだろう

はじめて
川であろうとしたときから
その流れのカタチは
幾度かわったことだろう
どこへ続いていくのかわからない

一度っきりの一方通行への不安
けれども
たえまなく流れていかなければ
川であることも失ってしまうと
知っている

川はいつも
自分を自分に
ひきもどしていただけなのだ

一本の道すじのように
あふれるほどのひかりをあつめて
いっきに下っていく

噴水

わたしは聞いた
お前の叫びにも似たかすかな悲鳴を

ひとつのものへむかって
より高く
さらに高く
かさねていかなければならない刹那
そして
不安定な頂のあたりで
力つきてよじれたように八方にほとばしり
あっという間に消え去っていく

お前が光の中で見たもの
あわただしく
目の前から過ぎ去っていった風影
遠くに見失ってしまった世界
地がさかさまに落ちてくる
ふかい吃水のほとりから
悲しみのようにあふれ流れていく己れ

時おり
お前の中で風がおこり
お前は空中で大きくくずれ散る
そのときわたしは見たのだ
お前自身が虹のような光彩を放しつつ
空に立ち昇っていくのを

星

いつものように日暮れていく道すがら
わたしは
幾度空をみあげただろう

ふりあおぐことを忘れても
変らないかがやきで
ひかりつづけるものがあると
いうことを
わたしは意識していただろうか

いつものように

くり返されていると
おもいこむことのおろかさが
大事なものを
みおとしてしまってはいないだろうか

遠い闇の中で
今はじめてひかりはじめたように
星がまたたく

今はじめてみつけたように
わたしは
星をみあげる

三月のページに

かすかに残っていませんか
通りすぎていったものたちが
落としていった影
なめらかな曲線をえがいている
放物線のゆくえを
私は知っているようで知らない

かすかににおいませんか
遺骸のように

ガラスの水差しのまわりに散ったフリージャ
ふと　淋しさに気づいたときには
すべてが終っている

かすかに聞こえてきませんか

あわただしく追われるようにして
遠く去っていったものたちの
必死に羽ばたくもの音が
そして
森も山もなにかを待ちわびているように
ざわついて
しきりに背のびしているのがわかりますか
確実に近づいてくる足音が
かすかに聞こえてきませんか

夕焼け

あしたもまたね　と
子どもたちが手をふる
高くかざした両の手に夕陽がまぶしくひかり
影ふみもできない程
遠く長く大地に伸びている

子どもたちは
今日　その手でつかみとったものを
ふっているのだ
あしたもまたね　と
ふりつづけるのは

その手の先がさし示す方向につながっている
生命というもの

おそるおそる差し出す両の手から
すりぬけてゆくばかりの刻のはざまで
約束されてもいないものに
呼びかけることはできないとうそぶいてみる

それでも
あしたもまたね　と
夕暮れてゆくかのように　空は
昨日よりあざやかに甦る夕焼けのむこうから
にぎりしめていたあしたを
そっと　ときはなすように
わたしを包みこんでくるのだ

Ⅱ　ひかることば

ほのお（ろうそく）

いくたび
記憶の底に
埋もれていたものたちを
静かに照らし出し
何百年もの時間をかぞえ
空間をかぎりなく
ひきのばしてきただろう

物音のとだえた
深い闇のなかで
ふるえながら燃えあがるほのおに

想いをかさねる

父や母も
そのまた父や母も
遠い昔からくり返してきた
つつましやかな日常ごと
わたしの日々となり
やがては子どもたちへと
うけつがれていくことへのねがい

そのほのおの背後にある
永遠に
消えることのない祈りのように
わたしは
いくたび心の中に

あらたなほのおを
ともすことができるだろう

ひかることば

昨日と今日とでは
わたしにふりかかっていた
光の度あいも
同じものをみつめたときの
心の角度も
違っていたはずなのに
何でもないように過ごしてしまった
一日

あたり前と
吐き出したことばの裏に

かくされていた多くのことばが
影のように
わたしから離れない

何かがとんだのだろうか
羽虫でさえ
目の前を横切っていくとき
その姿をひからせてとぶ
わたしのなかに
ちいさな影を落として

何かが
ひかりながら　とんだのだ
見たもの　出会ったものすべてを
忘れてしまったように

むなしく過ぎていく夜
わたしのなかの暗闇を
じっとみつめつづける

手紙

誰かが
世界のどこかで
長い手紙をしたためています
ほんの少し
昨日より歩んだことを
貧しい言葉で書いています

言葉と言葉のあいだに
ひそやかにたくしたものの真意を
冗談まじりに語ったことの
その裏にあるものを

自分の暗がりをすかしてみるように

悔恨とむなしさと
そして
少しばかりの淋しさを抱えこんだ
自分にあてて
日記のように書きとめます

どうしても
今日と明日の境いめを
越えるために必要な沈黙のひと時
句読点のように
日常の時間を断ちきり
緊張感から
自身を解き放すためにも

一日の終りに
その人が受取人の
長い手紙をしたためます

うた

出会いのときにも
うたはあった
別れの日にも
うたうであろう
人はだれでも
生きて呼吸しているのと同じように
うたを
うたう

そんなとき
身体のなかを

風が吹きぬけていったと
おもうだろう

空腹なことも
かなしいことも
さみしいことも
死にたいと思っていたことすら
忘れてしまうほどに

そして
いつの日にか気づくのだ
無意識のうちに
くちずさんでいたこころのなかに
同じ響きをもった人の
いることを

自分は
一人ではないということを

詩

いつも
不消化なままで終っている
一日のでき事の
さまざまなおもい
どれほどの
おもいのたけをあらわしたとしても
ひとつの詩のなかで
語られカタチづくられたものたち
紙面に並んでいることばは
すでに死んでいる

切りすて
切りとられ
あらわしきれなかったわたし
凍りついてしまった川の
水底に身をひそめている小石のように
はてしなく流れていくことを
いつもねがっている

不完全なままでうまれてしまった
かなしみ
そして
途中まで歩いてきてしまった
さみしさ
かみ合いぞこなった歯車のような
気持ちをかかえて

わたしだけの詩を書く

一行のことばで
それひとつで
書き終えることのできる時まで

ふと気がつくと

いつどこで
自分で自分を
見失ってしまったのか
それは
ほんの　ささいなことだったに
ちがいない

夢をみていたわけでもないのに
いっせいに色あせてしまった風景
陽の光が
私の視線を傷つける昼のなかを

よこぎる
広く明るいはずなのに
つま先のあたりしか見えなくて
靴底が
地面にくいこむようにおもたい

ともすれば
気を失いそうになる胸元に
大きなリボンをつけてみる
乾ききった薄っぺらな口びるを
紅く紅く染めてみたけれど
私は　私です　と
言いきれない

ふと気がつくと

人は誰もいなくて
私は街はずれに立っていた

何かが　遠くで　ざわめいているようだ
あれは　風だろうか

孤独

人はたびたび
心をぴたりと閉じて
孤独の淵に腰かける

日に何度となく
急に用足しを思い出したように
そこに座りこみ
自分をみつめるのだ

飲みこみすぎて
消化不良になったものや

背負いすぎて
重荷になったものを
こっそり捨てさる
秘密を楽しむ子供のように
ひとときの孤独をすごすのだ

時おり
誰かに盗み見されていないかしらと
世界の物音に耳すまし
時間の長さをはかったり
自分自身の体臭を
しみじみかいでみたりする

一個の人間として
自分の汚さや卑しさ

不誠実な部分や恥ずべきものが
たしかにあると気がついたりする

だから　人は
日に何度となく
孤独の扉を叩くのだ

疑う

橋の下に
川があるとはかぎらない
水の中を
魚がおよいでいるとはかぎらない

みたものすべてを疑おう
自分について
他人について
社会について
そして世界について
疑いの目をむけてみる

当然と思っていたことが否定されて
とほうにくれたとしても

果てしのない不毛の地に
何もないとはかぎらない
目にみえない
両手ではかれない
自分だけのものにならないとしても

それを思うだけで
やさしくなれる
ほほえむことができるものが
みつかるまで

みたものすべてを疑おう

罠

なにげなく
ウソをつくようになってきた

しょうがないのよ
だれ一人傷ついた者もいやしない
それで世界が
まるくおさまるのだから

だから　しかたのないことだった　と
素通りしてしまった
言葉の浅さに気がついて

自分の心のうらがわに
いつのまにか巣かけられていた罠
どうしようもないわだかまりが
いつも逃げようともがいている

捕えたものを
素早く殺してしまおう
ふさぎようのない傷口と
ならないうちに

そして
友情の言葉でこう言うのだ
　罠に捕らわれていたのは
　　本当はあなただったのよ
と

ある日

どこからか
まいこんできた一通の手紙
差出人の名前もなく
簡単な文面が
タイプでうってある

　　コノテガミハ
　　フコウノテガミデス……

夜ふけても寝つかれず
どこまでも私のあとから

ひっそりとついてきて
耳もとでささやき続ける

アナタハ　シニマス
ダレカニ　ダサナケレバ
シンデシマイマス

どうして　そのような手紙を出せよう
私が出すことによって
また悩む人が出るというのに

私は捨ててしまった
ビリビリにひきさいて
夜の闇のなかへ

明日という日が
どんなに　みじめでも
私はけっして後悔しない

原風景

それは
おびただしい水を一面にとび散らして
おぼれかけていた

あわててすくいあげ
床に横たえると
ずぶぬれになった体をふるわせながら
よろよろと歩きだす
　かわいそうに　と
両の手のひらにのせながめているうち
うっかり落としてしまった

運の悪いことに
今度は草むらを捜すはめになる
注意深くかきわけていかなければ
知らないうちにつぶしてしまうのだ
やっと見つけだしたが
どういうわけかちいさな点になっている
　こんなにちいさくなったのでは
　すぐに見失ってしまうではないか
大事につまみあげ手のひらにのせたのに
また落としてしまった
そして　それは
地面にしみこむように
とけて消えてしまったのだ

夜と朝の裂け目に落ちて

垣間みた夢だった
私の内部にひそんでいる
何かに呼びおこされて
ながめた原風景だったのか

その日から
再び夜に戻るたびねがうようになった
私のなかへもう一度　かえっていけたなら
あのときの続きをみてみたい　と

おりづる

心を折りあわせるように
指さきをすべらせて

手から手へと伝えられてきた形を
おりめをつけて　かさねながら
一枚の紙からうまれる
無限の可能性を
語り合う

　背中あわせに　かさねたものが
　少しずつずれて

とりかえしのつかないまちがいを
おかしてしまうことのないように　と
母は願い

娘は
日常のゆがみを
何度もおりなおし
ほんとうの形をつくりあげるまで
あきらめないで　と
まっすぐな瞳で問いかける

二人のあいだを
ゆったりと刻が流れてゆき

いつの日にか

そのもっとも深いところから
おりあげた一羽のつるを
はばたかせようと
祈りを　かさねる

おんなと小鳥

唄ってみたいと思うのに
うたえない
泣きたいのに
なぜか必死にたえてだまっていた
不器用に
ことばをえらびながら
自由にならないこころをもてあまし
空気のような声をもらす

自分だけのことばを
唄うようにおしゃべりしていた

カゴの中の小鳥たちも
ねむりについてしまった夜ふけ
消えてしまったことばを
さがしてみる

こっそり
青白いひかりに照らしだし
ちいさなことばや
みじかい詩を
ノートにならべてみたりして
気どって声はりあげ読んでみる
誰に言い聞かせるでもなく
どこかで　ひそかに絶望したり
あきらめたりしながら

ねむりにつく夜明け前
世界がめざめたように唄いだす
カゴの中の小鳥たち

昨日と同じ音色で　同じ調子で……

すずめ

窓の外で
しきりにさえずるすずめよ
昨日のように
めざめた風が吹いてゆく朝にむかって
わたしは　今日　何をとばそう

わたしたちのヘイワな生活
毎日
時間にせまられて書いているので
どこか
舌ったらずになってしまった会話

その日の
自分たちの占める位置をめぐって
すこしばかり言い争うこともあり
ムジュンとサベツがたまらなくて
現実を切りすてるつもりが
かえってうみ出していたりする
そんな
ヒクツになった姿勢で
呼吸をするものだから
苦しくて
アーとか　ウーとか
コトバにならない母音で
返事をしてしまう

そのうえ

もったいぶった言いまわしで
コトバあそびまでしてしまう
わたしたちのヘイワな暮らし

すずめよ
今日も　とびゆく空はあるか
めざめた朝にむかって
軽々とお前をとばすものは何か

わたしは今日　何をとばそう

金魚

何かが腐りはじめている
ささやくようなはやさで

不透明さを増したガラスに
隔てられた日々の
もっとも深いところでうごめいている
わだかまり
それでも突然に
意識に昇ってきて
こらえきれずに吐き出し——
——

やがて　無表情なままで
飲みこんでしまう

そんな
きづかない痛みを
身体の一部のようにたらしたまま
お前はおよぐ
ほんの数センチの距離を

かすかな予感が
水槽をゆるがすこともある
何げないぬくもりに触れたようで
身をひるがえすこともある
けれど
すっかり藻におおわれた

かぎりない反芻の日常

その中で
お前はいつまでも
燃えたぎる憤怒のように
どぎつく赤い

虹

たぶん見えないのだ
足もとから空にむかって
わきたっているのが

誰にもみえないだけなのだ
あんなにも小鳥がさえずっているのに
雨上りのしめった風が
甘く匂うというのに

何よりも
雲の切れめから

光の束が　こぼれるようにあふれ
私たちを
照らしはじめているではないか

今
私たちの頭上高く
輝いているにちがいない虹を
ながめている人たちが
きっと　どこかにいる

そう思うだけで
虹を見ることができる

解説

「記憶の底」から「ひかることば」を掬い上げる人

――谷光順晏詩集『ひかることば』に寄せて

鈴木比佐雄

1

歌人の谷光順晏氏が詩集『ひかることば』を刊行した。略歴によると谷光氏が短歌結社「歌林の会」に入会したのは、五〇歳の時で、それ以前には若い頃から工藤一麦氏の主宰する「雲と麦」で詩作を続けていた。三〇代には詩集『しんきろう』を刊行している。その後も多くの詩篇をノート数冊に書き続けていた。けれども詩作とは疎遠になり、書き溜めていた詩篇も多くは処分したそうだが、残された詩篇もあった。今回の『ひかることば』のⅠ章「しんきろう」には少部数であった第一詩集『しんきろう』二一篇が全て再録されている。またⅡ章「ひかることば」には残されたノートから一六篇が収録されている。谷光氏の二〇代～四〇代初めの詩篇を初めて読んだ時に、純粋に生きることの価値を模索している若者たちの精神を代弁する、心に突き刺さるような詩篇であると感じた。また詩を愛する人びとにも詩的言語の発端を感じさせてくれる詩篇は、詩が生れてくる原点を知らせてくれるだろう。

I章「しんきろう」の冒頭の詩「理由《わけ》」を読むと、谷光氏がこの世界に人間が存在する真実を語ろうと激しい衝動を秘めている詩人であることを了解する。

理由

この手で／にわとりの首をしめ／この手で／ブタの頭をなぐり／この手で／ひつじの皮をひきさいていると／だれも　おもっていない／／世界は／いつもやさしげで／上品ぶっていて／たえず／動かしがたい理由の上に／成りたっている／／この手で／自分の首をしめ／この手で／他人の頭をなぐり／この手で／地球の皮をひきさいていると／だれも　おもっていない

谷光氏は「この手」を見つめていると、「ブタ」や「ひつじ」を殺してその肉を食べ、その毛皮を身に着ける、血で汚れた手であることを透視してしまう。しかしそのことを感じさせないようにするために「世界は上品ぶって」手を汚していることを忘れさせる構造であることを明らかにしてしまう。谷光氏はこのような世界の非情な構造を忘れさせるための「理由《わけ》」をあえて自問し、他者にも問いかける。私たちは動物を殺戮し、そのことはいつしか「自分の首をしめ」自殺を試み、「他人の頭をなぐり」殺戮を犯し、「地球の皮をひきさいて」自然を破壊していくのではないかと、その構造の恐怖を直視してしまうのだろう。「この手」から血痕を凝視する想像力は、人間が他の生きものたちとの関係の在りようが、根本的に他の生きものの犠牲の上に成り立っているのではないかという、倫理的な重たい問いを自らと同時に他者へも突き付けてくるのだ。どうして自分も他者も生きものを殺戮してその肉を食糧と見なして、その命を殺める痛みを「だれも　おもっていない」世界の構造を作り上げてしまったのか。そんな生態系を破壊しても人間の欲望を満たそうとする人間社会の在りようへの根本的疑問が、この詩「理由《わけ》」には存在する。どこか宮沢賢治の童話を彷彿させる精神性と重なり、この世界の構造が本来的にこれでいいのだろうかという問いそのものが詩になっていて、その問いの強さが谷光氏の詩の特徴であると思われる。

2

例えば、詩「廃屋」では、谷光氏のこの世に存在することの究極を次のように透視してしまう。「そうして私よ　もう泣くのをよそう／たとえこの身体がくちはてたとしても／私はいつまでも生き続けるであろう／／草となって／虫となって／そうして　ひとにぎりの土くれとなって」。このように自分の「この身体がくちはてたとしても」、「ひとにぎりの土くれとなって」も、草や虫の命に引き継がれていくのが我が願いだと語っている。

詩「砂時計」では、「夜ふけから／どこかにねむりきれない胸騒ぎがあって／ねむったふりをして無意識の夢を見つづける」というように、私たちはどこか「無意識の夢」を見続けて生きているのかも知れないと心の深層の働きを指摘している。

詩「冒険とは」では、「およそ冒険というものは　それを達しえたと／きに終るものではなく　無事出発点へもどっ／たときに成就される」と、発端と結末が円環しているような、例えば蛇が自分の尻尾を食べるウロボロスような円環の宇宙観を抱いていたことが分かる。

詩「しんきろう」では、「ふるさとの海は／今も時々　空絵をうつしだすという」と、「ふるさとの海」が見詰めているとすべての思い出が甦ってくる装置のような働きをしている。

詩「カラス」では、「時おり　アーアーとあげる悲しげななき声に／おもわずぎくりとしてしまう／／あれは本当は私がおもわずもらしてしまった／なき声ではなかったろうか」と、深層の中でカラスの「悲しげななき声」が本当は「私のなき声」であると感じてしまう。

詩「くらげ」では、「生と死のあいだを／ただよって／ただよって／浮遊している」と、「くらげ」を生と死の間を行き来している存在と感じて、「わたしをつきさした／お前の痛み」と、その存在の痛みを我がことのように記すのだ。

詩「あさがお」では、「そうして私はあおいだ／はるか／手の届かないほどの空のたかみを／／そのとき／私は／絶望からまっさかさまにおちる／／くり返しひきもどされていくような／記憶の底に」という詩行は力動的でとても魅力的だ。それは「空のたかみ」を見上げると、みずからの「絶望」から落ちていくようになり、ついには「記憶の底」に回帰していき、「絶望」を解体させて生きることにもう一度立ち向かわせる働きを感じさせる。

詩「樹に」では、「すべての虚飾をすてれば／みえなかった人の痛みがみえてくる」と、「虚飾をすて」ることで「みえてくる」ことの効用を物語っているが、そのことを「樹」から感じていくことが谷光さんの感受性の特徴だろう。

詩「かなかな」では、「長い暗闇が去りかねて／うとうとまどろみはじめる夜明け前／昨日の痛みがぬけきっていない心を／はげしくゆさぶりはじめる」と、「かなかな」の鳴き声が「昨日の痛み」を想起させて、その痛みこそが今日を生きる原点にもなることを告げている。

その他の詩でも次のような命の輝きを掬い上げるような次のような詩行が心に刻まれる。

詩「空は」では「空は鳥のためにある」。詩「コスモス」では「はじめから／失うものなんて何もないという事に／気づかされるのだ」。詩「遠雷」では「昇華しきれなかったおもいを残して」。詩「ススキ」では「茫々とはてしなくひろがる」。詩「冬の花火」では「ひとつのかけ橋のように燃えあがる」。詩「たまご」では「愛にめぐり合わぬままに／うみおとされてしまった」。詩「川」では「あふれるほどのひかりをあつめて／いっきに下っていく」。詩「噴水」では「お前自身が虹のような光彩を放しつつ／空に立ち昇っていくのを」。詩「星」では「変らないかがやきで／ひかりつづけるものがあると」。詩「三月のページに」では「森も山もなにかを待ちわびているように」。詩「夕焼け」では「にぎりしめていたあしたを／そっと　ときはなすように／わたしを包みこんでくるのだ」。

3

谷光氏の詩篇には瞬間の中に永遠を読み込むような遥か彼方の目くるめく時間が深層から甦ってくるような思いがする。Ⅱ章「ひかることば」一六篇にはそのような特徴がより深まっていると思われる。

例えば詩「ほのお（ろうそく）」では「いくたび／記憶の底に／埋もれていたものたちを／静かに照らし出し／何百年もの時間をかぞえ／空間をかぎりなく／ひきのばしてきただろう」と、「ほのお（ろうそく）」の光のなかに「何百年もの時間」を読み取っていこうとする。さらに自分は「あらたなほのおを／ともすことができるだろう」と「ほのお」という命のリレーを決意していく。

詩「ひかることば」では谷光氏の詩的言語の考え方が詩の中で語られている。「あたり前と／吐き出したことばの裏に／かくされていた多くのことばが／影のように／わたしから離れない／／何かがとんだのだろうか／羽虫でさえ／目の前を横切っていくとき／その姿をひからせてとぶ／わたしのなかに／ちいさな影を落として」。「吐き出したことばの裏に／かくされていた多くのことば」とは、深層の言葉であり、他者や事物や世界との関係における真実を告げる言葉を指しているだろう。「吐き出したことばの裏」に潜む「ひかることば」を発見しようと若い頃に谷光氏は詩作を続けた。そんな「ひかることば」の詩篇に光を当てたいと願って出版された詩篇たちを、多くの人びとに読んで欲しいと願っている。最後に詩「虹」の最後の二連を引用したい。「ひかることば」は「虹」でもあり、それを谷光氏は多くの人びとと共有したいと考えて詩集を刊行したのだろう。

虹

今
私たちの頭上高く
輝いているにちがいない虹を
ながめている人たちが
きっと　どこかにいる

そう思うだけで
虹を見ることができる

あとがき

一編の詩をうみだすまで、私はとらえどころのない私自身をもてあまして、そのたびに樹になり、風になり、鳥になり、ひっそり咲く花になるのです。どんなちいさな生きものでも、影のようにゆらめいて、とらえどころのない蜃気楼でも、動かしがたい理由（わけ）の上に成りたっていると思います。それらすべてのものに私は支えられて、又明日も生きていく勇気を、得ることができるのでしょう。

この一連は、一九八七年に詩集『しんきろう』を刊行したときのあとがきの一部です。私は三十八歳、今から三十三年前になります。数十部の詩集でしたので、僅か一冊手許に残り、詩から遠ざかっていた日々の間に、書き溜めていた何冊ものノートも処分してしまいました。ところが、破り捨てたはずの詩の断片が見つかり、私にとっては偶然の出来事にすぎないことが、とても愛おしく、なぜか残したいと心が動き出しました。

大正時代から昭和にかけての歌人、斎藤茂吉に次のような一首があります。

最上川の上空にして残れるはいまだうつくしき虹の断片

昭和二十四年（一九四九年）に刊行された第十六歌集『白き山』に収められてい

る虹の歌です。完全なくっきりとした虹の形ではなく、消えかかって、切れ切れの断片こそ、よりいっそう美しい、今もなお美しいと詠んでいます。

今、現在の私は短歌の詩型で日々をうたっています。久しぶりに、自身の詩篇にむきあい驚いたのは、型は違っていても変わらない思いを、今も言葉に託して紡いでいる自分を、見つけたことです。虹の断片のようにほんの少し、私の手許に残った詩の断片、それらは、今でも私のなかに消えずにあったひかりのようで、本当に嬉しかった。一歩前へ踏み出す力をいただいたような気がしています。

また、私は短歌より少し遅れて仏画を習いはじめました。はじめて、お教室に行ったとき、仏画の先生（千葉県市川市行徳の徳蔵寺の副住職赤塚祐道氏）から、仏画は言葉で言いあらわせないことを描きますと教わりました。私にはその意味を理解する力もなく今にいたっております。なぜ仏画を描いているんですかと、いつも問われますが、なぜなのか自分でもわかりません。仏にむきあい、描いているときは、いつの間にか無我夢中のからっぽの自分がいます。仏を描きつつも実は、無我のうちに自分自身とむきあっているのではと、思うことがあります。

私は詩集『ひかることば』の「詩」のなかで、〈紙面に並んでいることばは／すでに死んでいる〉とうたいました。

ことばがひかるとは、どのようなことなのでしょう、私にはまだまだわからないことがたくさんあります。多分、永久にわからないままなのでしょう。だから、うたい続けているのかしらと、自分自身に問うことがあります。

このたび、はからずも詩集『ひかることば』を刊行する運びとなりました。私の青春とも言える言葉のかけら、とても恥ずかしくて、気後れがしますが、お読み頂けたら嬉しく存じます。

刊行にあたり、コールサック社の鈴木比佐雄氏には、私の拙い詩篇を評価し、一冊の詩集として、世の中へ出すよう励まし、導いて下さいました。心から厚く御礼申し上げます。その上、編集、帯文、身にあまる解説文を賜りました。かさねがさね御礼を申し上げます。座馬寛彦氏には、校正、校閲、細やかなお心配りを頂きました。深く感謝申し上げます。装幀の山口友理恵氏には、私の描きました花喰鳥の仏画、偶然にも出会い写真におさめた、消えかかっている虹をカバーにとの私のわがままを御配慮下さり、見事な装幀の詩集にして下さいました。御尽力を頂きましたこと深く感謝申し上げます。

二〇二〇年九月十三日　　谷光順晏

谷光順晏（たにみつ　じゅんあん）

1949年　富山県中新川郡上市町生まれ
1972年　雲と麦入会（1977年脱会、1983年再入会）
1984年　雲と麦新人賞受賞
1985年　工藤一麦賞受賞
1987年　詩集『しんきろう』（雲と麦詩人会）刊行
1999年　歌林の会入会
2003年　仏画を習いはじめる
2018年　歌集『空とかうもり』（短歌研究社）刊行
2019年　『空とかうもり』で第15回日本詩歌句随筆評論大賞・短歌部門優秀賞受賞
2020年　「桜光」30首で第22回かりん力作賞受賞
　　　　詩集『ひかることば』（コールサック社）刊行

現住所
〒270-2252　千葉県松戸市千駄堀657

石炭袋

詩集　ひかることば

2020年10月25日初版発行
著者　谷光順晏
編集・発行者　鈴木比佐雄

発行所　株式会社 コールサック社
〒173-0004　東京都板橋区板橋 2-63-4-209
電話 03-5944-3258　FAX 03-5944-3238
suzuki@coal-sack.com　http://www.coal-sack.com
郵便振替　00180-4-741802
印刷管理　（株）コールサック社　制作部

＊装画・写真　谷光順晏　＊装幀　山口友理恵

落丁本・乱丁本はお取り替えいたします。
ISBN978-4-86435-454-7　C1092　￥1500E